願你明瞭／我所有虛張聲勢的／謊

鯨魚在星夜下翻身／我們在城市裡流亡

我站在這裡／沒有翅膀也要／揮動手臂

命運常有陣風／有人被吹開／就從此散落

我知道你或許／再也不會回來了

劉定騫／著

你離去的那天
我經歷了有生之年
最大的天崩地裂
此後每次想念
都是餘震

劉定騫

目錄

【輯二】歲月的歌

【輯四】夜晚都知道

【輯五】無人之境

【推薦序一】

他的虛張聲勢沒要讓誰讀懂

◎徐珮芬／詩人

在不可考的年代，臺灣真實存在過一本叫做《怎樣交女朋友》的書籍，上頭告訴你虛張聲勢的方式，是表情痛苦地詢問身旁的妙齡女子：「妳有萬金油嗎？」（切記，表情要痛苦）。

而我與定騫的認識，可以回溯到兩人都還熱衷於在批踢踢詩版發文的時期，那時便對這個帳號十分有印象：「嗯，很會呦。」

見了面之後，發現他是很會，然而，不會的事更多。

他不會在詩裡召喚鋪天蓋地的災難、哀痛欲絕的場景或缺席的正義。他的詩安靜寬廣，偶爾讓我想到（溫柔時的）海子：

想寫一片風景給你[1]

1 摘錄自〈寫一首詩給你〉。

讓你在字裡躺下
寫了陽光就溫暖
寫了風就涼

上一次讀到這樣像蜂蜜蛋糕的情感，大概是在村上春樹《挪威的森林》中，渡邊徹給小林綠的那段承諾：「春天的原野裡，妳一個人走著，對面走來一隻可愛的小熊，全身毛茸茸的像是天鵝絨，眼睛圓滾滾的。然後對妳說：『你好！小姐，要不要和我一起玩打滾吶？』……」

我曾經犯下一個奇異的錯誤，就是當面跟作者本人說：「欸，你的作品少了讓人不安的東西。」那個時刻，我無疑是倨傲的，忠誠信仰著唯有張愛玲或莒哈絲之流的暴戾與決絕，才是能唱進讀者耳朵深處的曲調。

後來我覺得慚愧了，當讀到定騫詩集裡這樣的句子：

太陽在地上畫出一個黑色的我[2]

---

2 〈畏光〉。

如果你現在問我，我會說，作者的詩中似乎有好多個鐘面，大小不一，有的造型復古；有的潮到出水，有的會在徹夜未眠的清晨，不合時宜地跳出一隻巨大的布穀鳥。可是它們都有一個共同的特質：不會走。

仔細讀定騫的詩，你會看到對時間的「執著」——更精確地說，是追緬。這些句子，像是出自一個理應無憂的少年，無暇的眼神中，竟有種看盡離合、既來之則安之的坦然，讓你看著想哭。而作者把人弄到想哭的時候，彷彿就會羞赧的搓手，眼睛沒有在笑：「我是被剩下來的人，度過剩下的一生」

不得不說，作者的自棄程度，真是我見過的人中數一數二的強大，或許因為這樣，他的語言也跟著直接起來：「[3]不想見的／卻總是在無可避免的場合無處可逃／想見的／卻再也見不到」。這樣的寫法，在我看來可以說是粗糙了，卻更襯托出他用一顆真正活著的心在寫字這件事。

我懼怕技藝落到空心的人手中。我相信作者害怕的事比我更多，所以他握筆的時候相當溫柔：

---

3 摘錄自〈失對白〉。

我只是[4]
想抵抗
長期的恐懼
試圖成為自己的白血球

你我都知道，人在恐懼的時候會莫名地笑，或是虛張聲勢地張牙舞爪（神啊，你到底要在我們身上設下多少惡意的機關，而人類要寫多少詩，才能傳達微弱的抗議之情）？

始終讓我感到格格不入的部分是，作者無疑是個浮躁的傢伙（如果你跟他深談過就知道我所言不假），卻總能寫出如此靜謐的詩。有些句子，甚至只能讓年輕無憂的女子容身，彷彿他在真實世界中所面對的挫折與磨難，在他的字裡，都隨著高飛的風箏離開了地面。

4 摘錄自〈模樣〉。

令人厭倦的[5]
從不是絕望的毀天滅地
而是至高的恐懼
它一直在那裡

上一本書的名字「失對白」重新降生在這本詩集裡，我不知道他想要表達甚麼。或許這是他虛張聲勢的方式，或許只是一個無心的玩笑；但我並不覺得作者有希望過誰真的讀懂。

5 摘錄自〈懼高〉。

【推薦序二】

追抑或趕，能由誰辨認出來

◎漉漉／詩人

閱讀詩集電子檔的時候，窗外正響著「臭豆腐！」閩南語的叫賣聲，心裡像膝跳反射般自動播放諸如「燒肉粽！」、「修理紗窗！修理紗門！」的廣播，閩南語錄音反覆播放的叫賣，是現在少數還富含古早情懷，又不刻意營造的風情。

我想起那次在鄉下四線道的大馬路旁，也擺著這樣一座攤車，攤車旁一隻黑狗持續向路的一頭眺望，佇立著，無視來來往往的車輛，只在深藍色小貨車出現時，才奮起追趕一段，追不上了，又悻悻地回到路旁。我看著牠幾番往返，不禁想，牠嘗試追趕的究竟是什麼呢，藍色小貨車象徵的，是需要被驅逐的恐懼，還是主人曾經的背影。

或許對我來說這本詩集也是這樣，內容透著一股很熟悉很熟悉的氣息，我像禁不起幻視的黑狗，每每看見影子就要起身。

劉定騫第一次跟我說詩集名稱要取為「願你明瞭我所有虛張聲勢的謊」時，開玩笑地補了句，書名長一點看會不會賣得好一點，但看完裡頭所有的詩後，我其實可以理解這個長達十三個字的書名，是恰恰好地貼切，關於表露出來的即便已經是謊言了，仍需要虛張聲勢。例如使我印象深刻的那幾句「有些東西是強求不來的／例如天賦／例如溫柔」、「我只是害怕自己／沒有太多表面的傷口／不值得讓誰／相信我痛」、「不管我將石子扔得多麼用力／仍無法激起多少漣漪」，至於字句在詩集裡確切的位置，這是讀者才能探究的樂趣。書名便正如詩集整體透露的氣氛，對自己的無能為力，既是熟悉、也是防禦。

或許我們自己也搞不清楚我們那幾次奮起，究竟是為了追上、還是驅逐。那些使我們抗拒又渴望迫近的，終究化成四線道上偶爾出現的一輛深藍小貨車，我們虛張聲勢地追趕，又棄而轉身。

【推薦序三】

或者就把故事都留下

◎劉芳婷／choco choco 巧克力店女主人

和定騫相識在開店之初，已經是六年前的事了。記憶裡，他逆光的身影佇立門前，笑容如鄰家男孩般親切，毫不做作的自然問候好像我們並非初次見面，而是久別重逢。平易近人原來能到如此境界，這讓天生內建距離感產生器的我，發自內心地深深欽佩。

定騫的人，是清朗秋日的樹林。氣溫微涼舒爽，陽光斑駁散落帶來些許暖意，茂密的枝杈交錯掩映，雖看不清全貌，但置身其中倒也自在。風吹過，有些綠堅決端立枝頭，有些轉為金紅，也有些承受不住時間的重量，就從此墜落。

忘了從什麼時候開始，臉書訊息閒聊之餘，偶爾他也傳些尚未發表的作品讓我先睹為快。他的人與他的文互為表裡，一面是細膩溫暖，一面是頹唐失落，卻呈現同樣善感。當困囿於生活的牢籠，回憶是無法再現的美好和遺憾，現實是不斷掙扎於生存的泥淖，日復一日，找不到一個位置好好將自己安放。於是他只得持續不停地寫，寫出的字成為深植的根綻裂於時空縫隙，騰挪出喘息的空間，盛裝滿溢的情感。

定騫的詩，是暗夜海域中風雨飄搖的孤島，薄霧綿延纏繞，景色暈成一片濃淡深淺的灰階，彷彿稍縱即逝，又彷彿永恆。面對命運的莫可奈何，他拾綴過往經歷的細節片段，藉文字刻鑿出點點星光，在暗夜中潛行。

一切不忍告別的，都被化作簡單卻錐心的字句乘載了傷痛；破碎是他，倔強是他，溫柔是他，守候是他。無論日常或是幻夢，坦誠抑或自欺，所有虛張聲勢的謊，都是為了正視探究自我與這個世界，理解何所謂愛與真實。

【輯一】

失物招領

一顆扭蛋的愛情

甘心被囚禁在
小小的空間裡等待
我深信有天你會前來

／
期待
墜落
再釋放
你終於來臨
卻只看見你
失望的表情

／

對不起啊

原來我不是你想要的那一個

／

回不去也不知道會去哪裡

但我會一直記得

這樣的我

也曾被你

捧在手心

〈舊雨〉

為何後來都記不起
陽光燦爛的日子

腦海裡的你
密佈如雲
字句如雨

儘管我蓋了一座城牆
但滲透我
斑駁所有

怪罪給時間

時間是殘忍的魔術師
我們總這樣說
但也許它始終都是無辜的
會變的
總是我們

你的心是這樣的

你的心是這樣的

有一片乾淨明亮的大落地窗
卻沒人知道
門在哪裡

自棄

這樣烏雲密佈的日子裡
適合做一些徒勞的事

反覆爬格子裡的音階
不開節拍器
慢了第三拍
掉了第七拍
刷法混亂
下　下上　上下上下
一如這世界的節奏
你始終沒能跟好

有些東西是強求不來的

例如天賦
例如溫柔

災區

終究還是把車票退了
像是承認自己敗給了那些
你抵抗不了的

道路狀況不好
天空狀態不好
你和他們是一樣的

災難式的暴雨
不只下在外面
我等待的方舟
停在他心裡面

愛情告別式

決定舉辦一場
愛情的告別式
不發群組通知你們

讓我們豢養的貓
當隻優雅的信差
為他細心綁上領結
不求準時送達

你們當在夜裡前來
讓我們手捧蠟燭
各懷心事

在天亮之前
都還有機會許願
都能把過往
再想一遍

失對白

這城市在下大雨
用一種生悶氣的姿態
這樣的心情遠不及一點陽光的委婉
是誰委曲求全

／

面具不過是必需的雨傘
可以擋住風擋住雨擋住紫外線
卻擋不住你悄悄的一眼

／

哭　太脆弱
不哭　太逞強

那就流眼淚吧
想看見的人就會看見了

／

沒有彩色筆
在草地上的玫瑰枯萎了
沒有五色筆
懸在彩虹上的夢掉落了
握在手中的
只是無法彈吉他的水晶指甲

／

不想見的
卻總是在無可避免的場合無處可逃
想見的
卻再也見不到

模樣

科學家說
為了適應
生物都會演化

你說我
很堅強
我不知道那是什麼模樣

我只是
想抵抗
長期的恐懼
試圖成為自己的白血球

我不難過你對我的眼神
像看著摔在地上的蘋果

我只是害怕自己
沒有太多表面的傷口
不值得讓誰
相信我痛

境遷

那是最後一次　坐在這了吧
當我們離開
你的世界也永遠
對我關上

時光流動
總使一切事過境遷
回憶的華廈
終將一一殘敗傾頹

你是我隕落過最美的夢

淋過的雨　為何後來

仍會泛起漣漪

時間從不曾讓所有疑問都有解答
只是悄悄移動了你
沒有再一個可能
靜靜坐在彼此身旁　望著窗外

窗外已屬於你

【輯二】

歲月的歌

如果沒有明天

如果我們沒有明天了
就蝴蝶般地張開擁抱
在彼此身上烙下鱗粉
張揚所有欲望的顏色

夢路之歌

開在人生漫漫路上
月光明亮灑在前方
往你的方向
老舊收音機播放著
你最愛的那首歌
我要對你唱

你是微風
你是星空
你是令人沉醉的白葡萄酒
如果人生本就荒謬如夢
你已是我見過
最美的海市蜃樓

<戍守>

秋日剛醒的午後
窗邊緩緩捲菸
在心裡擺了空城
灰色昏明攬著天

命運如雷
總猝不及防、
希望雨落下的時候
我已點燃了煙

年

一月濕漉漉的起身
二月天色昏暗　等待
三月雷響
四月風起的時候天台沒有霞光
五月我試圖動筆告訴你
六月的淚太長　便
遺落了你給的七月
八月也一併丟失
九月我徘徊在未完的鏡頭　排演缺席的戲份　以為
十月就能改變結局
十一月嘲笑了我　葉落不過是必然的換季
十二月我才明白　即使雪融了　它還是在

記得

不經意地
夏天打烊了
再眷戀的也會過去
日光緩落山頭

與你的季節
成為相紙
記憶裡的深谷
仍開滿紅花

入秋卻還燠熱的午後
想念一些過時的溫柔

小星

——致很遠的你

如果不在地球表面
那你會是在哪裡
而在我們之間的距離
仍有任何介質能傳遞我的聲音嗎

宇宙那麼大
你的那裡跟仰望時的墨色一樣深嗎
星體之間有想像中的近嗎
是否張開眼
就有滿天光點

當你回來時

你會帶一些陽光給我嗎
聽說你曾接近
最溫暖的地方
我一生
都無法抵達

彩色的人

他們說你
該懂得吃蘋果
找到或成為
白色的肋骨

彩色的人啊
不用去說明自己的顏色
因為那已既定地存在目光

你有多少暗
就有多少光

擁抱

如果世界的惡意
是子彈
我會是你的傘

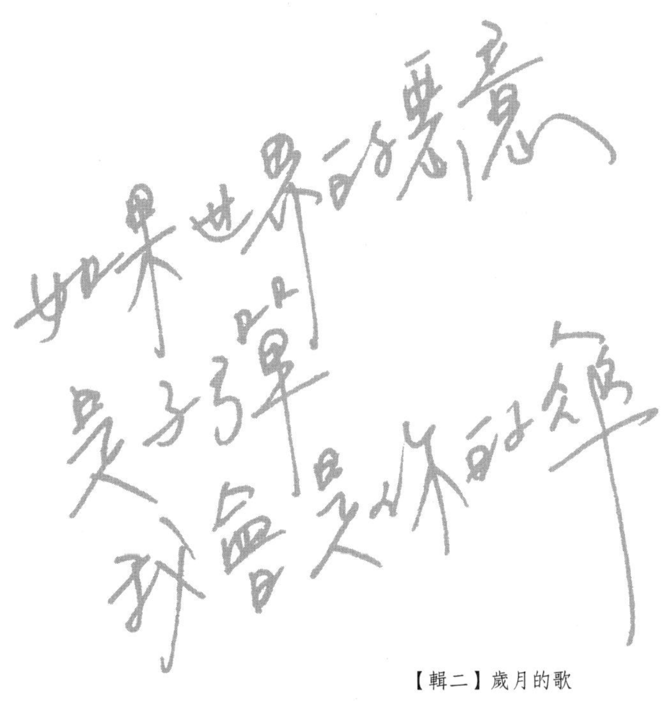

興雲

我想和你在林間坐下
砌一壺茶
讓細碎的過往如回憶捲曲緩緩在杯裡展開
知你少話
便靜靜喝下
回憶各自嘗

一陣大雨落下
我們想起的是否一樣

葉會枯黃
樹會倒下
山就漸漸老

可那片天空未曾老過
日落了會起
雲散了再興

墜入心中的湖
泛起漣漪　一波一波遠去
遠去　遠　去　遠　　去
直至平靜

寫一首詩給你

想寫一片風景給你
讓你在字裡躺下

寫了陽光就溫暖
寫了風就涼

寫一片沙灘
浪緩緩漫過腳踝
與你牽手
靜靜走向彼方

非關

會被時間削薄的
不只是頭髮
也有保護色的琺瑯質
痛了我們就抽掉神經，好嗎
還是該補那個冒血的洞呢
終於像一顆日漸暗沉的牙
掉落了
也無關於怕不怕冷熱了

愚人節裡的餘人

多麼希望今天
和世界一起說些
無關緊要的謊　像
我很幸福
夜裡有人擁抱
愛得很好

五月的時候我只能一直走

五月啟程的時候
天空還沒落雨
我在簷下攤開地圖
轉角的屋上臥著一隻
綠寶石瞳孔黑貓

我用餅乾交換
月亮的秘密
牠告訴我：
有些入口
在往前走與回頭之間

微風輕輕翻動

整排三角形旗幟
草地柔軟
我躺著看樹影劃傷整片天空

每個黃昏時刻
幻覺暈晃
要去的遠方
緩緩沉到地平線下

夜色裡貨船定在
不曾停息的浪上
薄霧中有魚
躍出銀白色海面
不管我將石子扔得多麼用力
仍無法激起多少漣漪

我和他在石巷旁
敲響無數支酒瓶
醉漢癱倒在紙箱
口齒不清地說
不要輕易讓心
被別人看到

曾經有人把它打開
就從此迷路

海嶼

這一刻
世界安靜了
深墨色大海
還要加入什麼調和
才能使你的眉間變淡

潮汐的頻率
像捉弄般靠近
我還來不及看清
你又退了回去

我喜歡坐在這裡
四季那樣的看你

披著陽光的閃耀
也看你如何沉默地接著
每場突然的大雨
等待一顆造訪的流星

你的呼吸
像要輕輕喚醒沉睡的島嶼
希望有天你會發現
我早已為你
睜開眼睛

在海一方

海上的人
海上的舞
是那麼專注自己
與星體的轉動

岸上的人
枯坐或行走世界的邊緣

潮汐的人
在浪裡拋擲無聲念想
反覆問著
被帶走的，還會回來嗎

【輯三】

逢魔之時

畏光

太陽在地上畫出一個黑色的我

請離開我

不要再試圖修復我了

我只是一塊
破碎的三稜鏡
曲解了所有
你給的光

懼高

不愛說話的日子
周遭顯得更吵雜了

總是如此
低潮時
你只能站在原地
擁有的都被抽乾
所有的所有都在後退
在遠處形成海嘯
隨時準備將你吞噬
動彈不得
卻遲遲不發

令人厭倦的
從不是絕望的毀天滅地
而是至高的恐懼
它一直在那裡

絕望

01

從睜開眼到現在
已經過了五小時又零七分
枯坐著
和心裡的獸互搏
當我回過神
才察覺緊皺的眉頭
緊繃的身體
如果我此時死去
還有一個願望的空間
請幫我在墓誌銘上寫著：
「這一生
從未感受過幸福」

02

大地都碎了
他們留在你身前的
只有一片沙漠
你嘗試過
才明白自己
怎麼走
都無法走成駱駝

03

他們用最好的繩子
將我僅剩的溫柔上吊
慢慢地窒息而死
怎麼會殘暴呢
讓你戴上鐵鑄國王面具
在拿下之前

不確定是誰
拿下後　也面目全非

04

在錯誤的地方存下了檔
再怎麼反覆讀取
都只剩一種結局

05

一場掠奪手術　要你
強行摘除眼膜　要你
爾後盡見
變調的世界
他在你耳邊低語
不想看了嗎
要不要從此
閉上眼睛

走險

自己迎向了刀
就別怪肋骨
保護不了心臟

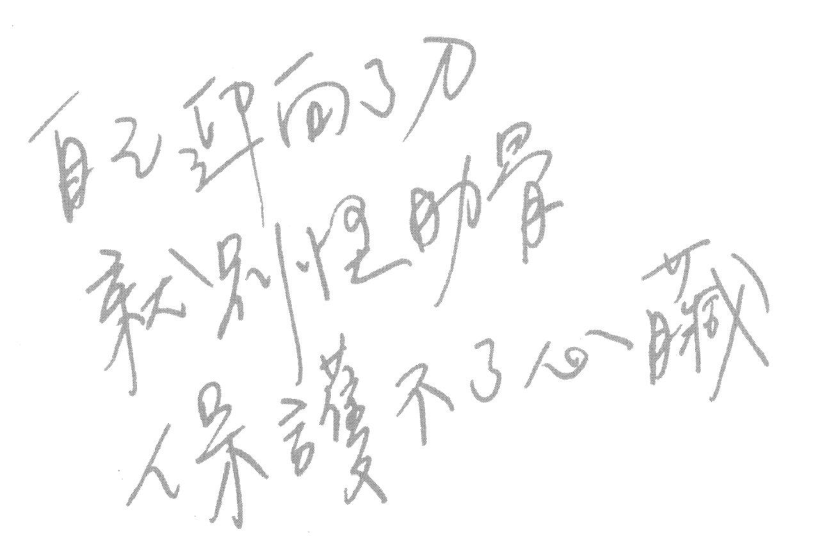

困

難以梳理的早晨
不用推窗確認　我們
仍被雜聲包圍

雨好久沒停過了
使你浮躁
你的浮躁
使我浮躁
嗯　是雨不好

清醒和混亂一樣危險

清醒和混亂一樣危險
意識是另一件事
意識是開關

意識和意識到
是兩件事
卻殊途同歸

一旦跳到另一頭
有什麼就從此滅了

當我不再相信

在瀑布突起的石塊抓著
在風中逆沙
在漩渦的邊緣試圖換氣
不如葬身海底

玫瑰削去一根根刺
獸褪去毛皮

鳥在天空漸漸失速
赤身走進霧裡

森林的火已經失控
卻更害怕人群

黑夜有星
穴居的蟹緩緩沒入石縫
不敢抬頭

光害

他出現時
帶著眩光
我們開始變得
難以辨別方向

出走的海鳥
不回到
與共的天空

傷心欲絕的飛蛾
迷失在夜裡
等你點火

交惡

人與人認識
最好一開始是有點討厭
接下來就能看到好的

最初強烈吸引的
總是這樣
透亮的鏡
漸漸爬滿黑點
一切難以容忍

漂流瓶

你把巨大的秘密託付給我
旋即轉身離去

後來在海裡反覆地問你
為何讓我接下
不想要的東西

渡

能起浪的
一定是風嗎

因果是宙的
擴散與收攏
執念開出一朵朵
惡毒的花

將善削成了槳
夠不夠你渡過
生生的海
世世的浪

你知道嗎
彼岸沒有花了
遙遠的地方
不會有等你的人

你還沒明白
大悟
不過是抵達
下個輪迴的渡口

世界的邊緣是翻轉
每一念
都已是來生

餘震

你離去的那天
我歷經了有生之年最大的天崩地裂
此後每次想念
都是餘震

【輯四】

夜晚都知道

離人

你曾在我心中放進月亮
讓我不怕沒有故鄉
而如今我站在哪
都像遠方

我和我的牛

我沒有目的
也沒有能回去的北方
我只是帶著我的牛
不斷遠行
我不知道我的牛喜歡吃什麼
我只知道
他要活

我帶著他走過好多地方
我哭的時候他不管我
他覺得眼淚是好的
能灌溉草
我說天地蒼穹

沒有我們容身之處
他說時節正好
有草的地方就是故鄉
我們不知道會遇見誰
我們只是一直往前走

任性

像狗的撲抱
貓的撒嬌
怎樣是愛一個人
我自己知道

我們的畫

想和你一起
討論那幅畫
看那隻貪心的貓
心有魚而力不足
牠背後的椅子太矮
要塗掉　畫得更高些

想和你一起
抵達那片麥田
看橘色星星旋轉
撫摸彼此耳朵
不輕易消失
除非自己捨棄

捨棄　更多可能
看群鴉漸漸隱沒在
線的那一邊

人們並不知道
我們的向日葵
不需要太陽

綁架

我將自己編成小說
供你閱讀
要你掉入我精心打造的情節迷宮
在你害怕時
點上溫暖的蠟燭
為你指路
一切只為了讓你通往
我內心的密室
反鎖你
再給你煙囪
最後化身成聖誕老人
翩翩降落
將床頭的襪子

換成捕夢網
給你一切想要的夢

我是不是還不夠好

我是不是還不夠好
儘管反覆練習魔術
在你想哭的時候
變出啣著玫瑰花的兔子哄你
也沒讓你笑

會不會是我還不夠好
沒有太多塗抹生活的顏料
過於簡單的線條
讓相擁也成了一片黃昏
只能越來越冷

我想是我還不夠好

不會說好聽的話
當你站在絕望的懸崖邊緣
也無法讓你
回頭看看我

是我還不夠好
你離去了之後才知道
你從不要美麗的花
只需要在寒夜時偎著
升溫的擁抱

靈感源自於「這位太太」歌曲我是不是還不夠好

夜貓

朋友叫我看些無聊的影片
可以分心的那種

我說我都在看貓
看貓吃東西
看貓跳上桌面再跳下
看貓意義不明的走衝
看貓便溺後會自己清理廁所
看貓小小的舌頭喝水
看貓看著門口
天冷了躺在圍巾上
看貓安靜的睡著了

她睡了，我睡不著
於是把她吵醒
貓在半睡半醒之間最溫柔
濕潤地舔你
看看你一樣濕潤的眼睛
又安靜的睡著了

謊

灰色的雨
試圖遮掩所有
真實意圖

烏雲散開前
沒有人知道月亮
是否完整

我都知道

看不到你的日子
就將思念隨筆塗鴉
折成紙飛機
任它亂飛

反正啊
不管有沒有安全降落
你都不會知道

〈依偎〉

愛人，別哭
今晚我將會親吻你的指尖
在你身旁進入夢的領土
儘管今夜沒有流星
我們在那也會輕磨臉頰
點亮彼此卑微的願望

殊途

前方雨一直下
沒有傘了還是
往前走去

你仍在湖中央
擁抱月亮
活在過去的人
不會再被淹沒

十二月的白晝太短
像首太短的詩
還來不及感受
就過去了

為了讓夜晚
不再那麼悲傷
要把自己
擦得更為明亮

如今

是不是接近你說的
該成熟了吧
我依舊是碎片
只是不會
再把誰割傷

秘密

我把秘密塞進盒裡
再用力拴上
僅有你不用鑰匙
就可以開啟

秘密在在乎的人眼中
才有價值
否則只是一張破報紙
隨意閱讀
再任意丟棄

有人喜歡陽光
有人喜歡雨

此刻突然很想知道
在你的眼中
我是何種天氣

殘螢

能吸引人的
都閃閃發亮

如果我一生無光
你還會不會來

【輯五】

漁人之境

無人之境

你得好好站著
即使沒人看見你在勇敢

愛情

你送的玫瑰
我攤在地板
一枝
一枝的隨意排著
任帶刺的地方擠觸彼此
多麼像我們　日常的樣子
待它們漸漸乾去
再好好放進瓶裡

如今玫瑰乾燥成黑色了
依然是綻放的狀態
但你捧著花的那天
對我說的　鮮如紅唇的句子

在白色的冬日裡
卻一句　也記不起來

有人問我愛情
我說就這樣了
一束玫瑰住進狹窄的玻璃瓶

可能孤寂的事

有時還是害怕
可能孤寂的事

像宇宙那麼大
卻沒能找到另一個
有生命跡象的星球

像世界那麼小
終究沒有遇見一個人
走入自己生活

〈習慣〉

忘了燈
早已壞了
總還會按下開關

這樣也好
覺得黑暗的時候
也沒有什麼
能夠亮著

沒說再見

做了什麼，不做什麼
都有讓別人不能明白的時候
我們不是孩子了
親暱的話不該脫口而出
像是
想你了

如何把日子活的疏遠
其實就是站在原地
星體之間會互相遠離
關係也是

無法再擁抱你了

那如幼獸般純真地觸碰彼此的背
總在這時湧上遺憾　在那時
沒説再見

大人

有些傷心沒有忘記
只是埋得比較深
就不容易被挖掘

像心中的孩子
也沒有不見
只是住的比較裡面

〈島人〉

如何疏通
也治不了
心裡的水

人生本就是海
沒被淹沒的地方
也成了囚禁的島

心事

如果會抽菸就好了
在這樣的時刻就能像隻鯨魚
離開沉重的海底

不要的東西
就該呼一聲地排出體外
換新的進來

但心事是孤單的燈籠魚吧
提著一小盞燈
游過許多黑暗

時區

明信片上你的字與你
還是站在那片風景
還是那麼
在乎我

失物

光透出了，將你曬得暖和
擋雨的傘
遺落在你起身的椅旁

我是你的失物嗎
我是你的失誤嗎
我看著你離去的身影
沒有出聲

作繭

牽手走出散場電影院
爭吵著彼此差異觀點
併肩閱讀的深夜書店
你笑得身體無聲微顫

喧鬧大街的舞步
安靜咖啡店的下午
你在那個街角
吻了我的臉

我的腦袋
沿著這座城市不斷瘋狂吐絲
回憶成繭

我知道自己一直
活在裡面

願你明瞭我所有虛張聲勢的謊

夜晚是靜靜
張嘴的巨獸
悄悄將我吞噬

每當夜越來越深
我的船就越來越小

思念如此
不宜航行

/
要去一個多雨的小鎮
將所有藍色

遺落在那裡

在太陽和雨之間
我選擇躲進
自己的陰天

膝蓋著地以後
開始思考著
投降與臣服的分別

/

不經過海
如何變得柔軟
夏日即將來了
要人期待一場相戀

慾望是龐大的
人是淺薄

我還不能夠擁抱你
懷中還有無法放手的易碎

／

鯨魚在星夜下翻身
我們在城市裡流亡

我站在這裡
沒有翅膀也要
揮動手臂

命運常有陣風
有人被吹開
就從此散落

我知道你或許
再也不會回來了

後記

後來才理解，原來這些詩是我這兩年來走過的狀態痕跡。失去親人、情感裡的混亂、家庭的衝突、自我懷疑的絕望，於是開始有意識無意識的探討命運與生命的關聯。

人，怎樣才算活得真實？

這些日子以來，我無時無刻都在對話，與外界、與他人、與自我和時間對話，試圖去理解生命的連結。

對他人有謊，對自我是否一定真實？

為了與世界維持運轉，我們用了多少謊去說服自己。

謊與真實之間究竟在哪個界限能被明瞭？

你曾經怨恨你遭遇過的痛苦嗎，當自己孤身在那無盡洶湧、無際無岸的海洋航行的時候。

《獨帆之聲》中，Donald 對著幻影說：我寫不出我未到之處的故事。

所以，當我們回身，又該如何看待那曾激起的無數浪花？

我曾見過黎明之際海面光耀，也曾度過暗礁激流，曾臥在甲板上凝視皸裂的傷口，在夜裡傾聽鯨魚未息的氣鳴。

在我拋去羅盤之時，才彷彿明白，那些謊與真實，都是為了存活與愛。

國家圖書館出版品預行編目（CIP）資料

願你明瞭我所有虛張聲勢的謊 / 劉定騫著 . -- 初版 . --
新北市 : 斑馬線 , 2019.01
面； 公分

ISBN 978-986-97308-0-8（平裝）

851.486 107022836

願你明瞭我所有虛張聲勢的謊

作　　者：劉定騫
主　　編：施榮華
書封設計：MAX

發 行 人：張仰賢
社　　長：許　赫
總　　監：林群盛
主　　編：施榮華
出 版 者：斑馬線文庫有限公司
法律顧問：林仟雯律師

斑馬線文庫
通訊地址：235 新北市中和區景平路 101 號 2 樓
連絡電話：0922542983

製版印刷：龍虎電腦排版股份有限公司
出版日期：2019 年 1 月
ISBN：978-986-97308-0-8
定　　價：320 元